空虚人《うつろびと》と苦薔薇《にがばら》の物語

ルネ・ドーマル

巖谷國士 訳　　建石修志 画

風濤社

「空虚人と苦薔薇の物語」は、小説『類推の山』
(René Daumal, *Le Mont Analogue*, Éd.Gallimard, 1952
——邦訳：河出文庫 , 1996）のなかで、とある
高山の「伝説」として語られる話中話である。
河出文庫版を本書の底本とした。

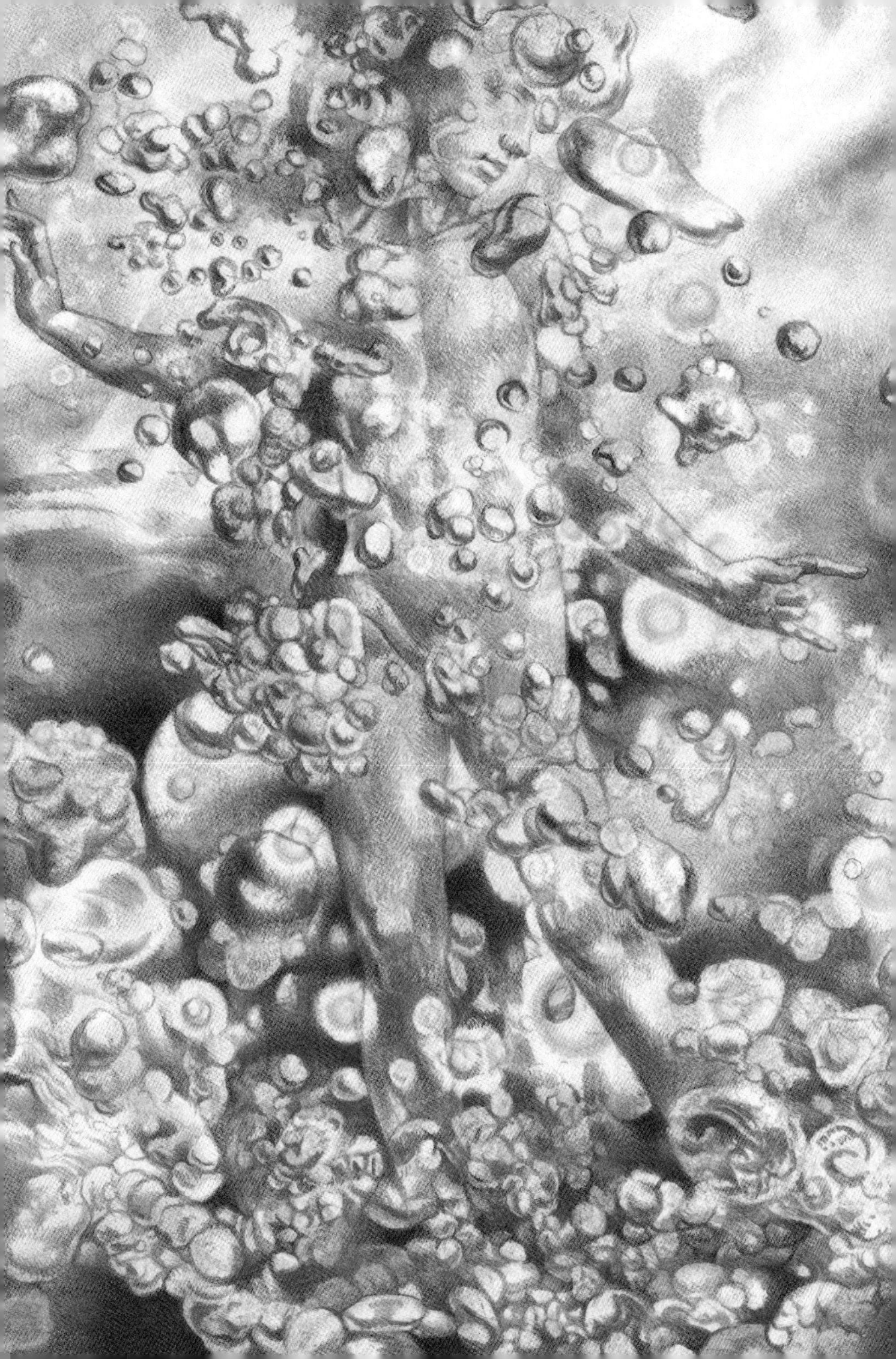

非ユークリッド的にして、
象徴的に真実を物語る、
登山冒険小説

（『類推の山』原書タイトル下の言葉）

空虚人《うつろびと》と苦薔薇《にがばら》の物語

うつろびとというのは、石のなかに住み、旅をする洞《ほら》のように動きまわるものです。氷のなかでは、人間のかたちをした水泡《あぶく》のようにさまよいます。でも、風にとばされてしまうといけないので、大気のなかに出ようとはしません。

このひとたちは石のなかに家をもっていますが、それは壁のほうが空洞になっている家です。氷のなかではテントを張りますが、その布は泡でできているのです。昼のあいだは石のなかにいますが、夜になると氷のなかにさまよいでて、月光をいっぱいにあびてダンスをします。でもけっして日の出を見るまではいません、そうでないと破裂してしまうからです。

このひとたちが食べるのは空虚なものばかりで、屍骸のかたちを食べ、空虚な言葉、私たちの口にするあらゆる空虚な言い草を食べて酔います。

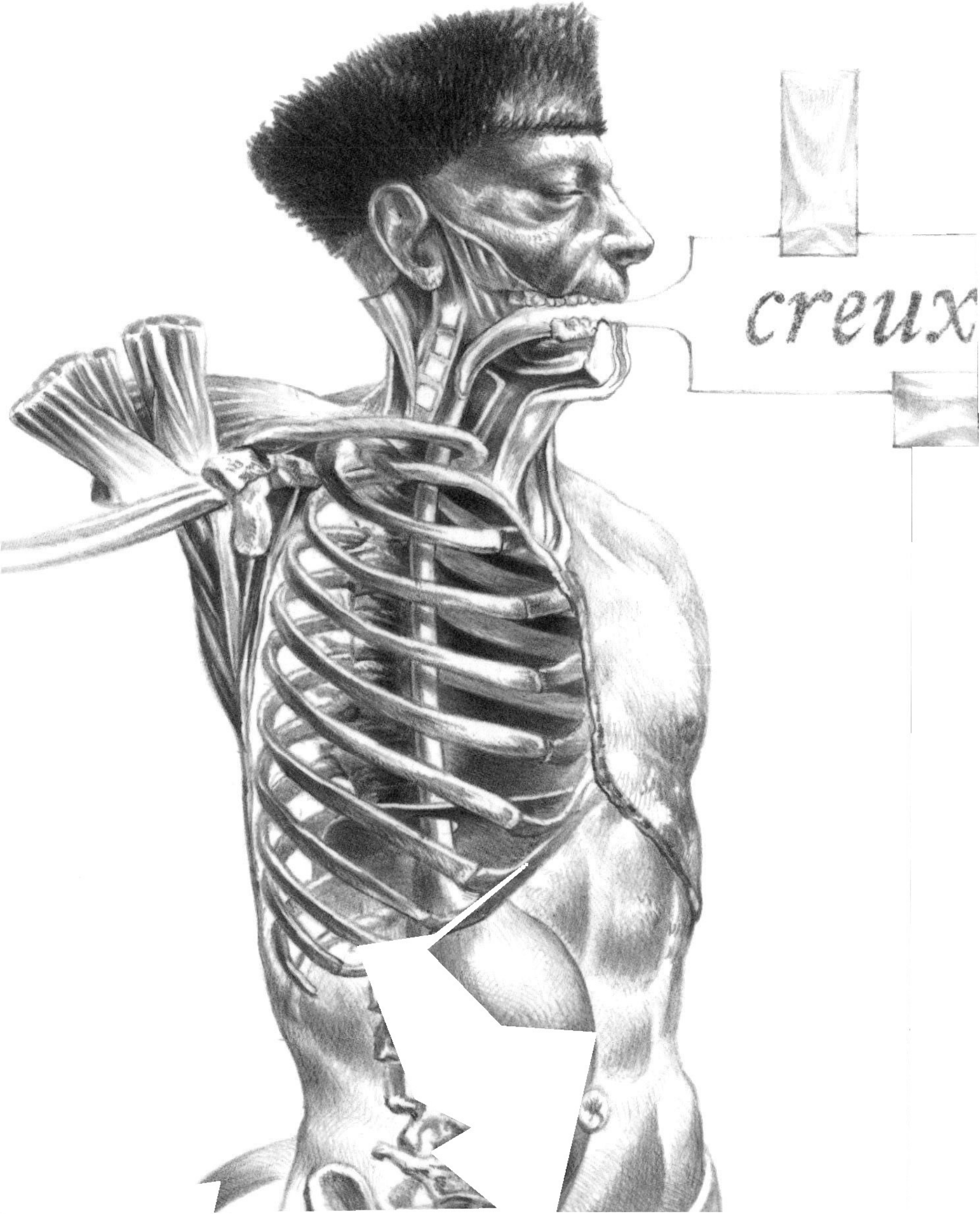
creux

ある者たちのいうには、これはいままでもこれからも、永久に存在するものです。ほかの者たちのいうには、これは死者たちなのです。もっとほかの者たちのいうには、生きている人間はみな山のなかに、ちょうど剣が鞘《さや》をもち、足が足跡をもつように、それぞれ自分のうつろびとをもち、死んでからそれにはまりこむのです。

むかし百家荘の村に、年老いた魔法祭司のキセと、奥さんのユレ－ユレが住んでいました。二人の男の子がありましたが、だれにも見わけがつかないほどよく似た双児《ふたご》で、モーとホーという名前でした。お母さんまでが見まちがえるほどだったのです。二人を見わけるため、命名式の日に、モーには小さな十字のついた首飾りを、ホーには小さな環のついた首飾りをかけてやりました。

年老いたキセには、ひとにいえない大きな悩みがありました。しきたりによると、長男にあとを継がせなければなりません。

でも、どちらが長男だというのでしょう？
そもそも長男などいるのでしょうか？

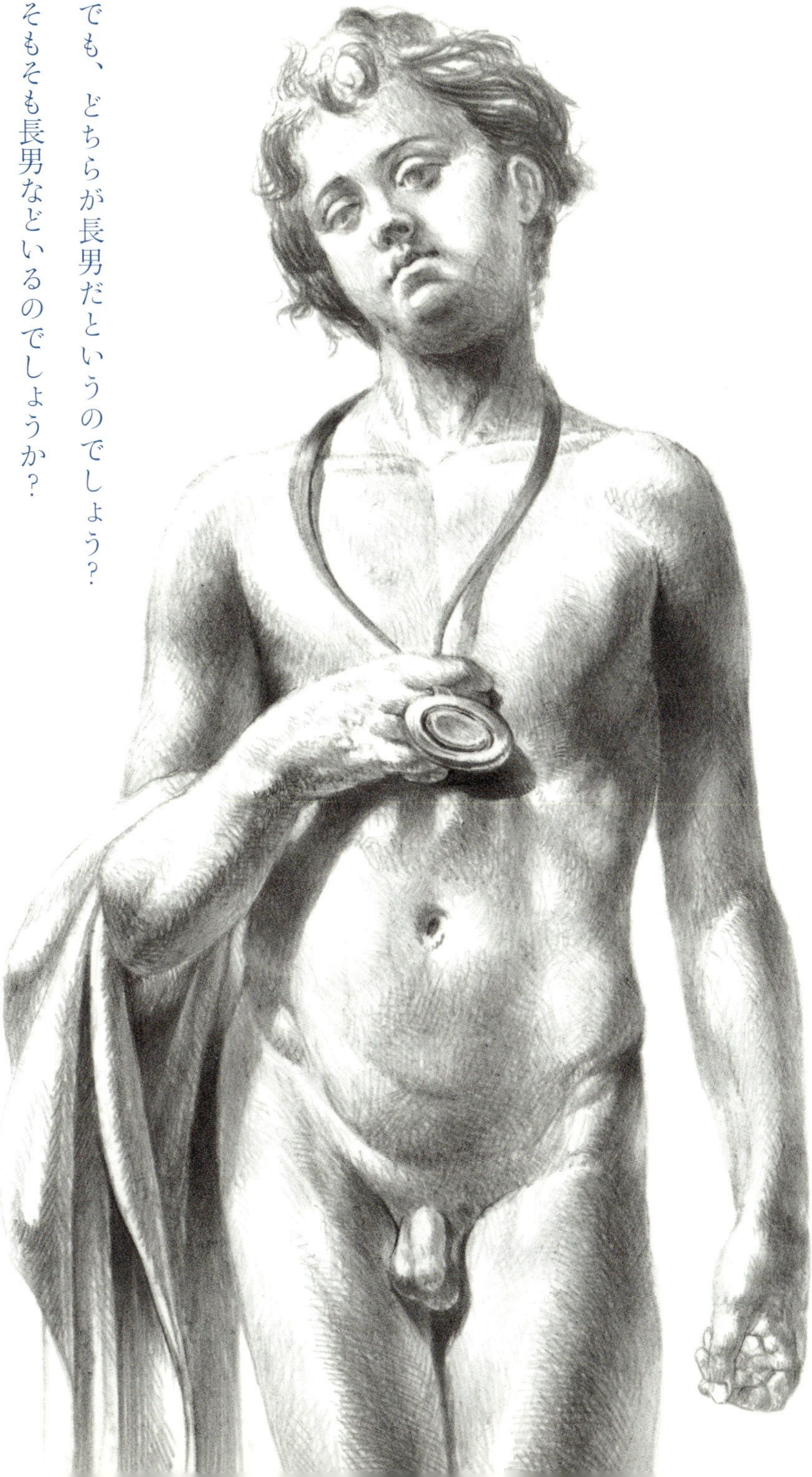

青年になるころには、モーもホーも立派な山びとに育っていました。地図いらずのコンビと呼ばれていたほどです。ある日のこと、父親が二人にいいました。

「おまえたち二人のなかで、どちらか私ににがばらをとってきたほうに、大いなる智慧を伝えることにしよう。」

にがばらというのは、高い高い山の頂《いただき》にいるものです。これを食べた者は、人前でも隠れたところでも、なにか嘘をつこうとするとすぐに、舌が焼けるほど痛むようになります。それでもまだ嘘をいおうとすると、痛みの予告が来るようになるのです。いままで

にも何人かにがばらを見つけた者はありました。その者たちの話では、なにか極彩色の巨大な苔か、それとも蝶々の大群にそっくりなものだといいます。けれどもだれひとりそれを手にした者はありませんでした。というのは、そばですこしでもこわがって顫《ふる》えたりすれば、びっくりして岩山のなかに逃げもどってしまうからなのです。ところで、それを欲しがっている者でも、にがばらを手にすることにいつもすこしは怖れを感じるものなので、それはたちまち姿を消してしまいます。

なにか不可能なおこないとか、ばかばかしい計画とかをいいあらわすのに、「それは真昼間に夜を見つけにゆくようなものだ」とか、「太陽をよく見ようとして照明をあてるようなものだ」とかいいますが、それを「にがばらをつかまえようとするようなものだ」といいかえてもよいほどです。

モーはザイルとハンマーを、ピッケルとアイゼンを、かわるがわる使っています。雲つき岩の中腹で、とつぜん太陽がおそいかかりました。ときには蜥蜴《とかげ》のように、ときには蜘蛛《くも》のように、白い雪と濃紺の空にはさまれて、赤い切りたった岩壁をよじのぼります。小さなすばやい雲の切れはしにときおり身をつつまれていましたが、それからとつぜん光のなかにもどされました。すると、ほら、頭のすこし上に、虹の七色にはないさまざま

な色に光りかがやく、にがばらが見えるではありませんか。お父さんの教えてくれた呪文をしきりにくりかえして、恐怖から身を守ろうとします。

後肢で立った馬のようなこの岩にまたがるためには、ここでハーケンを一本うちこんで、ロープの鐙《あぶみ》をかけなければなりません。ハンマーでたたいたとたん、手がなにかの穴にはまってしまいました。石の内側に空洞があったのです。岩の外側をくだいて覗きこむと、その空洞は人間のかたちをしています。空洞には胴体があり、両脚、両腕があり、恐怖にひきつったように押しひらかれた指のかたちまでありました。ハンマーの一撃でたたきわったのは、その頭だったのです。

ひんやりと凍った風が石の上を吹きすぎてゆきます。モーはう

つろびとを殺してしまったのでした。思わず身ぶるいすると、にがばらは岩のなかにもどってしまいました。

モーはまた村に降りてきて、お父さんにこういいに行きました。「僕はうつろびとを殺しました。でも、にがばらは見つけましたから、あした行って探すつもりです。」

老キセは顔をくもらせました。遠くにわざわいの影が練りあるくさまを見やっていたのでした。そしていうには、「うつろびとには注意しなさい。あのひとたちは死者の仇《あだ》を討とうとするだろう。私たちの世界には、あのひとたちは入ってこられない。だが、物の表面までならやってこられるのだ。物の表面には気をつけるのだよ。」

翌る日のあけがたのこと、お母さんのユレ－ユレは、大きな叫び声をあ

げておきあがり、山にむかって駆けだしました。大きな赤い岩壁の足もとに、モーの服が置きさられており、ザイルやハンマーや、十字架のついたメダルがのこされていたのです。体はもうそこにはありませんでした。

「ホーや、あたしの息子や！」と、お母さんは帰ってきて叫びました。

「あたしの息子や、あのひとたちが、おまえの兄弟を殺してしまったよ！」

ホーは歯をくいしばり、頭の皮をひきつらせて立ちあがりました。斧《おの》を手にとって出かけようとします。お父さんがいいました。「まず話をお聞き。しなければならないことをいうからね。うつろびとがおまえの兄弟をさらっていった。あれを、うつろびとに変えてしまったのだ。あれは逃げだそうとするだろう。透明氷河の氷の塔のところまで、光を求めて逃げるだろう。おまえの首に、あれのとおまえのと、両方のメダルをつけなさい。あれに近づいていって、頭のところをたたくのだ。あれの体の洞《ほら》のなかに

入るのだ。そうすればモーは私たちの世界に生きかえるだろう。死者を殺すことを怖れてはいけない。」

透明氷河の青い氷のなかを、ホーはじっと眼をこらして見ました。光のいたずらでしょうか、眼がかすんでいるせいでしょうか、それともほんとうに見えるものを見ているのでしょうか。水のなかを潜水服で泳いでいる人のように、脚も腕もある銀色の影がいくつも見えます。そしていま、兄弟のモーのうつろな姿が逃げてゆき、数知れないうつろびとたちがそれを追いかけているではありませんか。でも、かれらは光を怖れているのです。モーの姿は光にむかって逃げ、青い大きな氷の塔のなかをのぼって、出口を探すようにくるくるとまわっていきます。

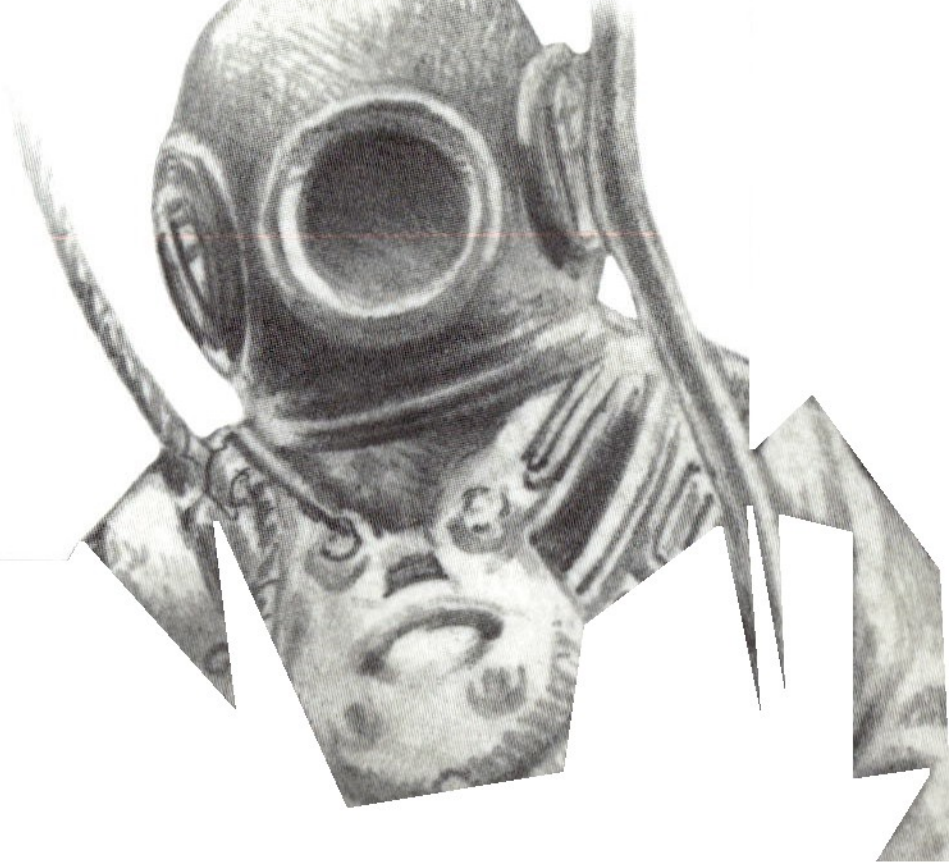

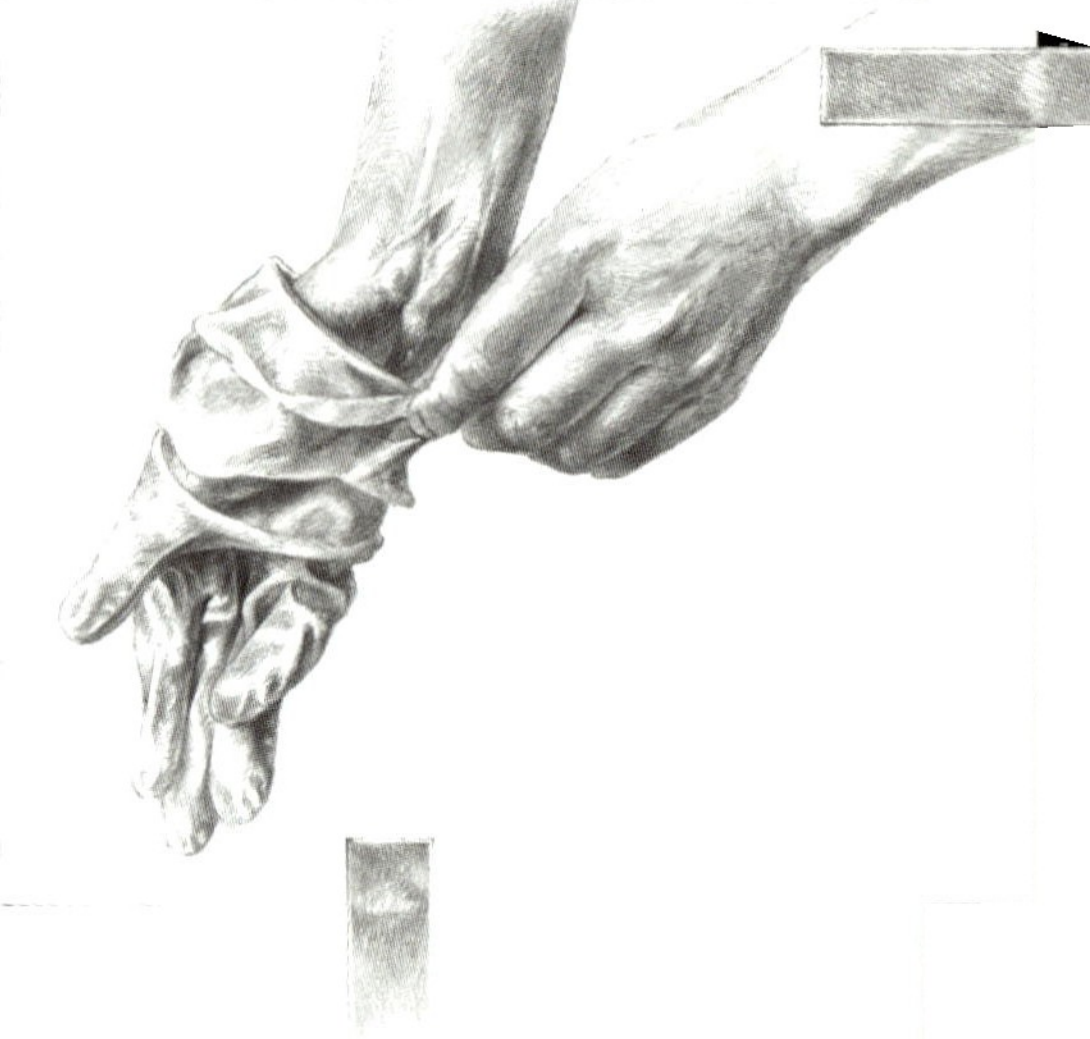

ホーは体中の血が凍り、心臓がはりさけそうでしたけれど、駆けよって──血と心臓に、「死者を殺すことを怖れてはいけない」といいきかせながら──氷をたたき、頭のところを砕きます。モーの姿は動かなくなりました。ホーは氷の塔を割りひらいて、ちょうど剣が鞘にもどり、足が足跡にもどるように、兄弟の軀《むくろ》のなかに入りこんだのです。肘をつっぱって体

をゆすり、氷の鋳型《いがた》から脚を引きだします。すると、心のなかで、これまでいちどもつぶやいたことのない言葉がつぶやくのを聞いたのでした。自分はホーであり、同時にモーなのだ、と感じました。モーの頭のなかのすべての記憶が、雲つき岩の道のことも、にがばらのすみかのことも、ホーの記憶のなかに流れこんできました。

環と十字とを首にかけて、ユレーユレのもとに帰ってきます。「お母さん、もう僕たちを見まちがえる心配はありませんよ。モーとホーとはおなじ体のなかにいるのです。僕はあなたのただひとりの息子、モーホーなのです。」

老キセは二つぶの涙をこぼすと、晴れやかな顔になりました。それでも、もうひとつの疑問をはらそうとしていたのでした。モーホーにむかっていうには、「おまえは私のひとり息子だ、ホーとモーとはもう区別されてはならない。」

けれどもモーホーはきっぱりといいました。「いまでは、にがばらをつかまえることができます。モーは道を知っていますし、ホーは体を動かすことを知っています。恐怖をのりこえて、僕は識別の花を手にとることができるでしょう。」

モーホーは花を摘み、智慧を得ました。そして老キセは、この世を去ることができたのです。

あとがき

ルネ・ドーマルの絶筆となった未完の小説『類推の山』（*Le Mont Analogue*, Éd.Gallimard, Paris, 1952）は、遠い昔の学生時代に原語で読んで、もっとも感銘をうけた書物のひとつである。私は二十代の前半に、この本の試訳を部分的にはじめていた。

その後、三十歳をすぎてからこれを邦訳出版する機会が訪れたとき、幸運なめぐりあわせに心をおどらせた。大病後でまだ自重を必要としている時期だったのに、わくわくしながら訳してゆくあいだ、なんだか体力が戻ってくるような気がした。

訳書は一九七八年に白水社の叢書「小説のシュルレアリスム」の一冊として出たのだが、さいわい読者の支持と要望があったようで、一九九六年には河出文庫に入り、二〇一四年のいまも生きつづけている。

この小説の反響はこれまでも各所にあらわれていて、メキシコの鬼才アレハンドロ・ホドロフスキーの翻案によるあの奇天烈な映画『ホーリー・マウンテン』（一九七三年）などはその特異な一例だが、日本でもとくに美術の領域で、挿画や連想画を描く試みがときおりなされている。インターネットにも、私の読者たちによるサイト《Mont Analogue》があったりする。

とりわけこの小説に挟まれるいくつかの「話中話」のうち、どこかの高山の「伝説」として紹介される「空虚人《うつろびと》と苦薔薇《にがばら》の物語」には、深く魅了される読者が多く、視覚イメージを与えようとする試みもすでにあった。野中ユリさんによる美しい未完の連作「〈うつろびと〉と〈にがばら〉のデカルコマニー」（「リテレール」一九九六年秋号に一部掲載）がそれである。

★

さて今回、風濤社の鈴木冬根氏によって、さらに新しい、おそらく世界にも前例のない企画が持ちこまれた。「空虚人と苦薔薇の物語」だけをとりだして、一冊の絵本に仕立てようというのである。しかも、挿絵を描いてくださるのが建石修志さんだと聞いて、私はただちに合意した。本来『類推の山』の「話中話」にすぎない以上、独立した一冊の本にすることには多少の抵抗がなくもないけれど、『類推の山』自体は文庫本として生きていて併読（必須だろう）が可能だし、ほかならぬ練達の絵師・建石修志の挿絵を与えられるのならば、話はまた別である。

精緻な写実的表現によって独特のファンタジーをうかびあがらせる建石さんの鉛筆画が、架空の伝説にどんな図解を加えることになるのか、興味と期待をいだかずにはいられない。

挿絵は夏のあいだに完成した。私はまだ原画に接していないが、図版のコピーを見ただけでも、独特の、硬質で濃密で美しい幻想世界がくりひろげられている。建石修志にしか描けない、物語絵としても独立した、もうひとつの「空虚人と苦薔薇の物語」が生まれたのである。

五十年近く前に『類推の山』の試訳をはじめたことは先にふれたが、じつをいうと、まず最初に手をつけたのはこの「話中話」だった。すこぶる単純かつ透明でありながら謎めいていて、神話とも寓話とも感じられるこの架空の伝説を、私は一種のメルヘンに見立て、御伽話の語り文体で訳すことにした。現行の文庫版でも、その語調はかわらずに残っている。

メルヘンには不思議なオブジェがつきものだ。近代小説のような複雑な背景もなく、描写も単純そのものだが、それだけにかえって多様な視覚イメージをよびおこす。うつろびとの空洞の体、魔法祭司の父と母、双子のモーとホー、環と十字、登山用具の数々、岩とその切りたった壁、山とその高い頂、氷河とその透明な塔、水泡のように踊るうつろびと、そして植物とも動物ともつかぬ不思議な生物、にがばら。

こうした人物・事物の姿形や色彩や様態を、頭にうかべながら読みすすむことになるが、それぞれのイメージを具体化するのは難しい。私自身にしても、夢のなかのように漠とした像を思い描くのがせいぜいだし、またそのままに留めておきたくもある。

そもそも、固体のなかに住んでいて外からは見えないうつろびとと、「虹の七色にはないさまざまな色に光りかがやく」にがばらにいたっては、いわゆる「絵にも描けない」ものの典型だろう。

建石さんはそのことをよく知っていて、だからこそ、どこにも曖昧さのない、幻影によるごまかしのない、写実的で構造的な表現を選んだのだろう。ペローの昔話集に細密版画の挿絵を添えたギュスターヴ・ドレのやりかたに近い。姿形をくっきり浮彫にする描法だからこそ、これによって読者はまず「建石修志の絵」を感じ、そこから各自のイメージを発展させるきっかけが得られる。

したがって文章と挿絵の協調を前提とする通常の絵本とはちがう。これはテクストにあらわれるイメージや言葉に反応して、もうひとつの、つまり建石修志自身の「空虚人と苦薔薇」をつくる試みであり、そのことによってテクストへのオマージュにもなろうとする連作なのである。

★

ところで『類推の山』の扉のタイトルには、奇妙な副題のようなものが添えられていた。「非ユークリッド的にして、象徴的に真実を物語る、登山冒険小説」というのだが、これはそのまま「空虚人と苦薔薇」にもあてはまりそうに思える。つまりこの「話中話」は『類推の山』の入れ子のようにして、小説全体を比喩的に縮小してみせているものではないのか。

『類推の山』は不思議な小説で、一九四四年四月、病床でこれを書いていた作者が亡くなったために未完におわってしまったのだが、その未完であることがかえって魅力的に思えもする。完成品でないのが残念だ、という声をたまに聞くこともあるので、この未完であることの魅力について、二、三の見方を示しておこう。

ひとつには、作者の亡くなったあと、遺された原稿を妻のヴェラと友人のロラン・ド・ルネヴィルが整理して、八年後の刊行時には前者による「後記」と、ドーマル自身の遺稿から発見された「覚書」と、後者による「序」とを加えて一書にした、という事情がある。これらの追加分を通して、小説のその後の展開をかなりのところまで知ることができるのだ。

そればかりか、書物自体が小説中の人物「私」の死という出来事をふくむことになり、死後に加わった三つのテクストによって完成されているかのように思えてくる。そういう書物の全体こそが小説ではないか、という錯覚さえ生まれる。その意味では、ある種の完成に擬していると見てもいい。
本書を偏愛していたもうひとりの人物、澁澤龍彦と、生前、何度かこの点について語りあったことがある。未完であることがすばらしい、という見方は両者に共通していた。澁澤さんによれば、もうこの先は書く必要がない。類推の山の上は一種のユートピアだろうが、ユートピアを書けば紋切型におちいるだろうから、ということだった。

彼がおなじ若いころに『類推の山』を原語で読み、来たるべき自作の小説のモデルのひとつとしていたこと、そして最後の小説『高丘親王航海記』でも典拠にしたことはすでに知られている。高丘親王の天竺への旅には、類推の山への旅と似たところがある。後者では目的地への登山をはじめたところで作者が死ぬが、前者では目的地へむかう途上で主人公が死ぬ。どちらも病床で書きつづけられた小説だが、後者は作者の中途の死によって未完におわったのに対して、前者は主人公の中途の死によって完成にいたるのである。

もうひとつ、『類推の山』の未完であることの魅力には、ほかならぬ「空虚人と苦薔薇の物語」がかかわっている。完成されたこの「話中話」の入れ子がすでにあるからこそ、最後に山頂に立つ結末も想像できてしまうのだ。

おそらく登場人物たちはなんらかの合一を体験するのだろう。うつろびとと化したモーにホーが嵌《はま》ってモーホー（「同一」「人間」を意味する「ホモ」の裏返しだ）になったように、彼らは各自のうつろびとに嵌りながらも新たな生を得て、にがばらに出会うのだろう。

そんなふうに想像されるだけでも、「空虚人と苦薔薇の物語」の効能は大きい。これが『類推の山』の「話中話」であるばかりでなく、『類推の山』のほうがこれの敷衍であったかのような、まさに「非ユークリッド的にして、象徴的に真実を物語る、登山冒険小説」としての資格を、「空虚人と苦薔薇の物語」はそなえている。

作者ルネ・ドーマル自身とその未完の代表作『類推の山』自体については、河出文庫版の巻末解説を参照していただきたい。また第三章のおわり近く、この物語がどんな場面でどのように物語られるかについても、同書を繙《ひもと》いてくださるとよい。『類推の山』との「非ユークリッド的」な関係を、読者はさまざまに思いめぐらすことができるだろう。

ここではまず、一冊の絵本に変身するこの物語の幸運を悦びたい。建石修志さんには、最大の謝意と讃意をささげます。そして鈴木冬根さん、ありがとうございました。

二〇一四年九月三日

巖谷國士

ルネ・ドーマル

René Daumal　1908-44

フランスの詩人・作家・インド学者。両大戦間のパリで前衛グループ〈大いなる賭け〉を創立。シュルレアリスムに共感しながら運動には加わらず、独自の詩的・形而上的探究をつらぬいた。結核により36歳で早世。詩集『反＝天空』(1936)、小説『大いなる酒宴』(1936／谷口亜沙子訳、風濤社、2013)などがあるが、代表作は本書の物語をふくむ未完の小説『類推の山』(1952／巖谷國士訳、河出文庫、1996)である。

巖谷國士

いわや・くにお

1943年東京都生まれ。東京大学仏文科卒、同大学院修了。学生時代に瀧口修造や澁澤龍彥と出会い、シュルレアリスムの研究と実践を開始。仏文学者・評論家・旅行家・メルヘン作家、明治学院大学名誉教授。主な著訳書に『シュルレアリスムとは何か』『ヨーロッパの不思議な町』(筑摩書房)、『封印された星』『〈遊ぶ〉シュルレアリスム』『森と芸術』(平凡社)、『幻想植物園』(ＰＨＰ研究所)、ブルトン『シュルレアリスム宣言・溶ける魚』『ナジャ』(岩波文庫)、ドーマル『類推の山』(河出文庫)、『スコープ少年の不思議な旅』(風濤社)など。

建石修志

たていし・しゅうじ

1949年東京都生まれ。東京藝術大学工芸科VD専攻卒。卒業後作家中井英夫との仕事をはじめ、内外の幻想文学の装丁、挿画を数多く手がける。鉛筆、混合技法、ボックスコラージュ作品等個展、企画展の出品多数。画集に『凍結するアリスたちの日々に』(深夜叢書社)、『変形譚』(沖積舎)、『標本箱の少年』(ペヨトル工房)、『Leaf/Poetry』(青木画廊)、絵本に『もりでみつけたおともだち』(偕成社)、『月』『浮揚譚』(パロル舎)、『幸福の王子』(バジリコ)、技法書に『鉛筆で描く』(美術出版社)など。

空虚人《うつろびと》と苦薔薇《にがばら》の物語《ものがたり》

2014年11月1日初版第1刷発行

著　ルネ・ドーマル
訳　巖谷國士
画　建石修志
発行者　高橋 栄
発行所　風濤社
〒113-0033 東京都文京区本郷3-17-13 本郷タナベビル4F
Tel. 03-3813-3421　Fax. 03-3813-3422
印刷所　中央精版印刷
製本所　難波製本

printed in Japan
ISBN978-4-89219-386-6